Prix : 1 franc

LA

JARRETIÈRE

Comédie en un acte

PAR

M. ÉMILE D'ORBEL

PARIS

IMPRIMERIE TYPOGRAPHIQUE MAYER ET Cie

18, rue Richer, 18

—

1887

YTh
22840

Prix : 1 franc

LA

JARRETIÈRE

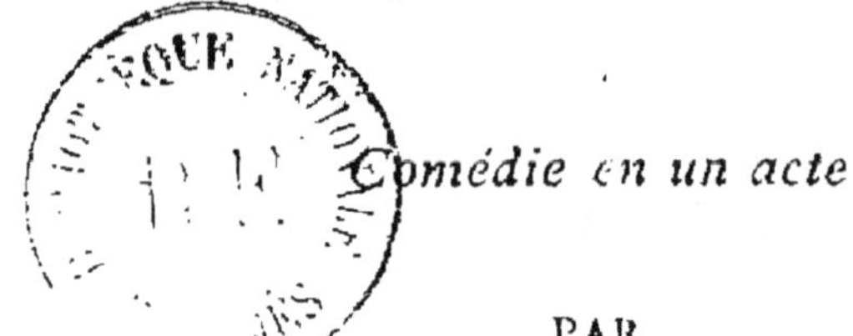

Comédie en un acte

PAR

M. ÉMILE D'ORBEL

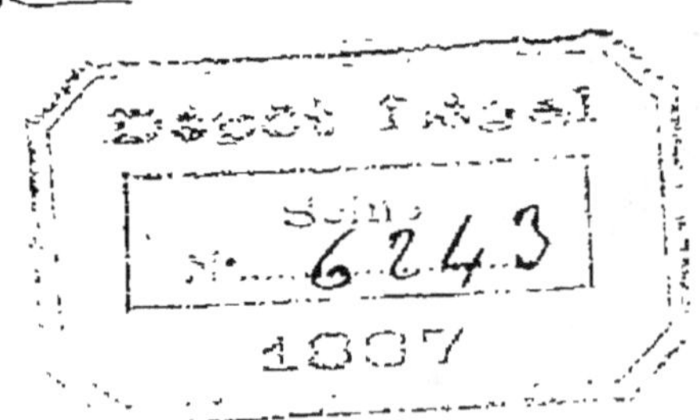

PARIS

IMPRIMERIE TYPOGRAPHIQUE MAYER ET Cie

18, rue Richer, 18

1887

Yth.
22840

PERSONNAGES

———

Gédéon, cocher.................... MM. Maulion.

M. Guignolet, propriétaire........ . Bernard.

Adonis, amant de Mme Guignolet.... Vallée.

Cunégonde, femme de Gédéon...... Mme Davaidea.

———

La scène se passe de nos jours, a Paris

———

Représentée pour la première fois, à Rochefort-sur-Mer
(Charente-Inférieure), le 8 Mars 1887.

LA JARRETIÈRE

Une chambre, à gauche une cheminée, sur cette cheminée une jarretière et un verre d'eau, une fenêtre à côté de la cheminée, deux portes au fond, une porte à droite. Mobilier modeste, quatre chaises, une table.

SCÈNE PREMIÈRE

CUNÉGONDE, *seule, un plumeau à la main*

Si vous m'aviez connue autrefois, vous auriez connu une jolie femme. Eh! oui (*regardant à sa gauche*) je vois un de ces messieurs des fauteuils qui murmure : « Qu'est-ce qu'elle va nous raconter celle-là ; mais c'est une bonne femme. » Non, je ne suis pas une bonne femme, mais une femme bonne ayant le cœur dans la main et que les intempéries de l'âge n'ont pas épargnée. C'est que j'étais à ce moment-là une... irrégulière très recherchée, ayant des domestiques, de somptueux appartements. Je conduisais au Bois. (*Elle pousse un soupir.*) Aujourd'hui, tout est changé ; je suis une femme sérieuse, habitant ce modeste appartement du numéro 117 de la rue Saint-Fiacre, à

5oo francs par an, faisant elle-même son ménage; j'ai un mari qui m'aime beaucoup, du moins je le crois; quant à moi, je me suis fait une position. Je devais en finir par là, et voyez où m'a conduite ma passion pour les courses en voiture, à épouser un cocher; j'avais le choix entre un vérificateur des poids et mesures et un cocher; j'ai préféré Gédéon, car c'est ainsi que se nomme mon mari. Aujourd'hui, cependant, j'en fais moins qu'autrefois, les affaires ne marchent pas, notre pauvre ménage en souffre, nous y regardons à un sou. Si je vous disais que je m'amuse beaucoup, je mentirais. La loi Naquet m'offrirait bien une porte de sortie; mais, je n'ai pas contre mon mari de griefs sérieux, et puis, ça coûte si cher avec les avoués. La réalité, c'est que nous sommes aujourd'hui le 24 juin, et il est impossible de compléter les 125 francs de loyer que nous devons à monsieur Guignolet, notre propriétaire, ex-pharmacien, rue des Réglisses; c'est un drôle d'homme. Si vous le connaissiez; automatique, réglé comme le cadran de l'Institut, dur comme le roc. Oh! ces gueux de propriétaires. Si tout le monde était comme moi, il n'y en aurait plus, c'est le phylloxéra des pauvres gens. Dans le quartier, on dit qu'il fait bon ménage avec sa légitime; je crois que le vieux n'y voit pas; madame Guignolet, pour moi qui connaît tous ces trucs, a quelque chose de louche dans sa conduite; ces choses-là m'amusent, ça me rappelle, mais spschutt... n'en parlons plus. J'ai fait causer madame Jacob, la concierge du 57 de la rue de Provence, où habitent les Guignolet; elle m'a appris que la femme du vieux allait deux fois par semaine aux magasins du Bon Marché, vêtue d'un grand manteau, ayant une voilette très épaisse. Dans ma petite jugeotte, je trouve qu'un propriétaire si ladre ne doit pas permettre à sa femme de grandes dépenses, et c'est que dans ces magasins on met beaucoup d'argent, j'en sais quelque chose, moi, qui vous parle; *(regardant à sa gauche)*, cela étonne toujours ce monsieur, mais je ne parle pas du présent, je parle du passé, qui sait, après tout, les hommes sont si drôles et celui-là est peut-être tout autre dans son intérieur qu'avec ses locataires, cela s'est vu quelquefois. (*Elle époussette le dessus de la cheminée et prend la jarretière.*) Tiens! Gédéon n'a pas rapporté la jarretière, en voilà une qui m'intrigue; Gédéon l'a trouvée avant hier soir dans la voiture en revenant de faire la course ordinaire de la dame voilée; elle doit appartenir à cette belle inconnue qui, régulièrement, va deux fois par semaine au 352 du boulevard de la Tour-Maubourg avec un monsieur, je ne vous dis que ça (*elle réfléchit*)... Au fait, moi qui cherchais à comprendre tout à l'heure, mais j'ai une idée, cette dame voilée est petite, blonde, grosse, comme la femme du vieux dur à cuir; elle va deux fois par semaine au 352 du boulevard de la Tour-Maubourg; Mme Guignolet, deux fois par semaine, et aux mêmes heures, aux magasins du Bon-Marché. Ce n'est pas douteux, ma propriétaire va en rendez-vous et elle trompe le vieux qui, pendant ce temps-là persécute de braves gens comme nous. Si je disais vrai. Oh! vieil Harpagon, je me vengerai de ton despotisme.

Si je me trompais, dame, il ne faut pas plaisanter avec ce bonhomme-là; il ne nous accordera pas un jour et gare l'expulsion.

Prenons courage, Gédéon est sorti pour faire quelques recouvrements; il a peut-être touché les 105 fr. 25 cent. qui nous manquent (*elle regarde à la pendule*).

Onze heures, il ne peut tarder à arriver. Justement, j'entends monter, c'est lui.

SCÈNE II

CUNÉGONDE, GÉDÉON, *essouflé, tombe dans une chaise*

Ouf! je n'en puis plus.

CUNÉGONDE, *va prendre un verre d'eau sur la cheminée et l'offre à Gédéon*

Prends, cela te refraîchira.

GÉDÉON

Non, jamais quand je suis à la chambre ; à l'écurie, c'est différent.

GUNÉGONDE

Eh bien ! mon ami ?

GÉDÉON *se lève et marche à grands pas*

Ça n'a pas roulé, je n'apporte que 5 fr. 25, impossible à notre époque de toucher son argent ; quand vous vous présentez chez vos débiteurs, on vous répond : « Monsieur est sorti », « Madame ne reçoit pas » encore, que si vous insistez, vous perdez la clientèle.

CUNÉGONDE

Nous sommes en plein air dans l'ère des difficultés.

GÉDÉON

Ah ! le gouvernement a plus de chances que moi ; quand il emprunte, on lui donne soixante fois ce qu'il veut ; moi, je n'obtiens même pas ce qui m'est légitimement dû.

CUNÉGONDE

Si nous étions seulement l'Institut de France, on nous donnerait des millions.

Mais, à propos, tu n'as donc pas trouvé ce monsieur si généreux sur le pourboire qui va avec la dame voilée au 352 du boulevard de la Tour-Maubourg ? Tu lui aurais annoncé que la jarretière n'était pas perdue, que tu allais la lui remettre ; il nous aurait certainement tirés d'embarras ?

GÉDÉON

La guigne ! Il n'était pas chez lui et je n'avais seulement pas pensé à prendre la jarretière. En ce moment. Vois-tu ? femme, les questions financières et économiques me tournent la tête.

CUNÉGONDE

Tu es bien bon de te la casser pour ce vieux potard ?

GÉDÉON

Ne pas pouvoir faire face à ses engagements ; c'est dur, alors surtout que c'est la première fois.

CUNÉGONDE *(à part)*

Je ne les ai jamais comptées, moi ! *(Haut à Gédéon.)* Si tu t'adressais au député de ton pays, il pourrait peut-être... ?

GÉDÉON

Il ne m'écouterait pas aujourd'hui, il est élu.

CUNÉGONDE

Ça, c'est vrai.

GÉDÉON

Si encore j'avais épousé une mascotte ? mais c'est fini, et aujourd'hui, j'aurai beau faire de ma femme une doctoresse que cela ne servirait à rien.

CUNÉGONDE, *modestement*

Hélas ! Oui.

GÉDÉON

Cependant, si je ne lui paie pas son loyer, il me met dehors. Que faire ! que devenir ! Aller au Tonkin, ramasser des pépites d'or, c'est bien dangereux, on y meurt tout de suite.

CUNÉGONDE, *avec effusion*

Oh ! tout plutôt que de t'exposer à une mort certaine. *(A part.)* Et puis, je n'aurais pas une pension de 12,000 francs par an, moi !

GÉDÉON

Je regrette souvent mon pays natal; tu le croiras si tu le veux, je regrette Martrou-sur-Charente, petit village sur les bords de la Charente, à quatre kilomètres de Rochefort-sur-Mer (Charente-Inférieure); là, au moins, j'étais heureux. A Paris, je suis voiturier par terre et je ne gagne pas grand'chose; à Martrou, j'étais voiturier par eau, et fallait voir comme j'en passais des voyageurs dans mon bac, surtout le dimanche, je mangeais au restaurant de la « Carpe fraîche ». J'étais logé par la ville.

CUNÉGONDE

Oui, mais tu ne me connaissais pas.

GÉDÉON

C'est vrai, j'ai une compensation. *(A part.)* Mais j'avais une bouche de moins à nourrir.

CUNÉGONDE

Eh bien, moi, malgré notre état de gêne, je suis beaucoup plus heureuse depuis que je te connais. *(A part.)* Ça, c'est pas vrai. *(Haut.)* A Gédéon ! aie donc un peu plus de courage ? Soyons homme que diantre, et si le vieux se fâche trop, envoyons-le se faire en l'air à Nanterre? Causons donc d'autre chose ? Tu sais que je n'aime pas trop les sujets sérieux ? Une idée m'est venue pendant ton absence ?

GÉDÉON

Laquelle ? Ça m'étonne de ta part.

CUNÉGONDE

C'est peu flatteur pour moi, mais j'ai bon caractère. — Comment est la dame voilée qui va avec le Monsieur pschutteux au 352 du boulevard de la Tour-Maubourg ?

GÉDÉON

Dame, je ne sais pas trop comment t'expliquer

ça. (*Se redressant.*) Je n'ai pas Michelet dans ma bibliothèque.

CUNÉGONDE

Que vas-tu chercher?

GÉDÉON

Elle a une taille courte, un embonpoint bien caractérisé, des cheveux blonds, du moins jusqu'à preuve du contraire. Aujourd'hui les femmes ont tant de choses fausses! un ment..........

CUNÉGONDE, *vivement*

.................................teau.

GÉDÉON

Pas teau, mais ton; je donne la description physique, un menton pointu, un grand ramasse-poussière et une voilette blanche.

CUNÉGONDE, *vivement*

Si c'était la femme de notre propriétaire.

GÉDÉON

Eh bien, qu'est-ce que cela peut nous faire? Comprends pas.

CUNÉGONDE

Qu' t'es bête.

GÉDÉON

N'oublie pas que nous sommes sous le régime de la communauté.

CUNÉGONDE

Nous ne payons pas notre loyer, c'est entendu. Le budget n'est pas équilibré et le Guignolet n'accepterait pas un douzième provisoire. Mais si le vieux veut nous expulser et faire le malin, nous avons notre vengeance. Pour moi, c'est sa femme qui va au rendez-vous au 352 du boulevard de la Tour-Maubourg ; c'est elle qui a laissé sa jarretière dans la voiture. Eh bien, nous la montrerons au vieux propriétaire ; mais nous ne la lui remettrons pas. Ce vieux doit être jaloux et égoïste ; il sera comme saint Laurent sur le gril. Tu verras. Crois-moi, je ne me trompe pas.

Hein ! que dis-tu de ce plan ?

GÉDÉON

Exquis ! Il n'y a que les femmes pour avoir une idée comme celle-là. Viens que je t'embrasse ; tu sauves la situation et notre amour-propre. Je t'ai bien saisie, laisse-moi faire. — *(On frappe.)*

GÉDÉON

Entrez, *M. Guignolet entre.*

SCÈNE III

CUNÉGONDE, GÉDÉON ET LE PROPRIÉTAIRE

LE PROPRIÉTAIRE

Bonjour tout le monde. — N'attendez pas de moi de longs préambules ; nous sommes aujourd'hui le 24 juin, pouvez-vous, oui ou non, me payer votre loyer ?

GÉDÉON

Aujourd'hui, cela nous est impossible, et il ne faut pas prendre les gens à la gorge. — Attendez-nous quelques jours. Vous avez du mobilier pour votre garantie.

LE PROPRIÉTAIRE

Je me moque du mobilier ; c'est de l'argent que je veux, à défaut de payement aujourd'hui, demain vous aurez vidé ces lieux de corps et de biens.

GÉDÉON

Vous n'avez donc pas assez gagné d'argent en vendant vos pastilles Géraudel et vos capsules de goudron ?

LE PROPRIÉTAIRE

Ne cherchez pas à attaquer la corporation pharmaceutique ; c'est elle qui arrivera à purger la société de tous ces par..................................

CUNÉGONDE *à Gédéon*

Il s'en ira si tu le mets dans la pâte.

AU PROPRIÉTAIRE

Vous n'avez certainement pas le droit d'agir aussi brutalement, et je demanderai une consultation au *Petit Journal*.

LE PROPRIÉTAIRE

Que m'importe votre consultation ! J'ai les codes chez moi.

CUNÉGONDE

Vous ne savez donc pas, Monsieur, que la ville de Paris va faire construire des maisons pour loger gratuitement les malheureux et leur fournir du mobilier ?

GÉDÉON

Oui, nous l'avons lu dans le journal, et alors plus de propriétaire !

LE PROPRIÉTAIRE

Eh bien ! alors, je serai logé, moi aussi, gratuitement ; mais, en attendant cet âge d'or, je veux immédiatement le montant de mon loyer.

CUNÉGONDE

Pour bousculer les gens comme ça, on dirait que vous n'êtes pas embarrassé pour louer facilement votre bicoque ; une maison qui n'a ni eau, ni gaz, ni lumière électrique, ni ascenseur, ni salle de bains. Je ne comprends pas qu'on puisse habiter une pareille baraque à Paris, lorsque Marennes et Domfront vont être éclairées à la lumière électrique.

LE PROPRIÉTAIRE

Vous saviez bien tout cela quand vous êtes entrés ! Du reste, j'aime mieux ne pas louer que de louer à des gens qui ne me paient pas.

GÉDÉON

Voyez-vous cette philanthropie ? Vous ne lisez pas le *Cri du Peuple*, Monsieur ?

CUNÉGONDE

Et ces réparations que vous deviez faire ?

LE PROPRIÉTAIRE

Mon loyer d'abord, nous verrons ensuite.

CUNÉGONDE, *à Gédéon*

Essayons de la jarretière. *(Gédéon va la prendre sur la cheminée, la regarde et la tient ostensiblement).*

au propriétaire.

Puisque vous ne voulez rien entendre, faites, Monsieur, ce qu'il vous plaira.

GÉDÉON, *à Cunégonde*

Je vais reporter cette jarretière à ce monsieur.

CUNÉGONDE

Oui, oui, je sais.

LE PROPRIÉTAIRE, *qui a vu la jarretière, la reconnaît et se trouble*

(A part.) Oh ! la jarretière de ma femme. *(Haut à Gédéon.)* Restez, j'ai encore à vous parler.

GÉDÉON, *s'apercevant du changement de ton*

Je suis pressé, que diantre ! je ne puis cependant pas discuter toute la journée !

LE PROPRIÉTAIRE *tire Gédéon par le bras et regarde attentivement la jarretière*

Oh ! restez.

GÉDÉON

Mais pourquoi regardez-vous ainsi cette jarretière ?

CUNÉGONDE

Voulez-vous en acheter de semblables à votre femme ?

LE PROPRIÉTAIRE, *qui suit une idée*

Où avez-vous trouvé cette jarretière ?

CUNÉGONDE

Depuis quand vous mêlez-vous de nos affaires ?

GÉDÉON

Eh ! que vous importe ?

LE PROPRIÉTAIRE, *riant*

Oh ! entre nous, Gédéon.

CUNÉGONDE, *à part*

Il l'appelle Gédéon tout court, le vieux s'aplatit.
(Gédéon rit.)

LE PROPRIÉTAIRE

Vous avez ri, cocher.

GÉDÉON, *plus sérieux*

Apprenez, Monsieur, que nous avons le secret professionnel.

CUNÉGONDE

Si ça peut vous faire plaisir, c'est une dame petite que Gédéon, en compagnie...

GÉDÉON, *à Cunégonde*

Tu me compromets, ne dis rien, mais écoute.

LE PROPRIÉTAIRE

Oh ! je la reconnais, c'est la jarretière de ma femme.

GÉDÉON

Jamais de la vie.

CUNÉGONDE

Oh ! voyez-vous le vieux jaloux.

LE PROPRIÉTAIRE

Remettez-la moi, je vous en prie ; elle est à ma femme ; *(réfléchissant)* trouvée dans une voiture, nous qui allons toujours à pied. Oh ! si elle me trompait, ma Léonore ; ce n'est pas possible, après vingt-cinq ans, neuf mois, treize jours de mariage, dont deux ans de lune de miel.

GÉDÉON

Cela ne prouve rien, mais, en tous cas, je ne vous la remettrai pas ; je ne dois pas vous la remettre. Oh ! un cocher faillir à l'honneur et à la probité, je serais le premier ; vous ne nous connaissez pas. Vous ne savez donc pas qu'il y a peu de temps, un collègue, conduisant le n° 3507, a trouvé dans sa voiture 370,000 francs, dont 170,000 francs en or et en argent et 200,000 francs en billets de banque ; il aurait pu garder cette somme et devenir riche puisqu'on ne lui avait pas demandé son bulletin, et ne pas être inquiété. Eh bien ! Monsieur, il l'a remise à son propriétaire, et savez-vous quelle a été sa récompense ?

20 francs... et de chaudes félicitations de son administration.

CUNÉGONDE

Et encore qu'il ne pouvait pas payer son loyer.

LE PROPRIÉTAIRE

Si cependant cette jarretière appartenait à ma femme, je suis son mari, et j'ai le droit de la reprendre. Je pourrais même, d'après la conférence des avocats de Paris, décacheter et lire les lettres qui lui sont adressées.

CUNÉGONDE, à part

Décidément, cela le tient. (Haut.) Vous oubliez le loyer, monsieur, nous sommes aujourd'hui le 24 juin...

GÉDÉON

Qu'est-ce qui me le prouve ? Vous n'êtes pas, pour moi, le mari apparent de cette dame ; vous n'étiez pas avec elle, et, pour moi, en fait de meubles, possession vaut titre.

LE PROPRIÉTAIRE, à part

Il faut être généreux avec eux. (Haut.) Que puis-je faire pour vous ? Laissons cela de côté. Voulez-vous que je vous attende un an ? Voulez-vous des réparations? Voulez-vous de la lumière électrique? Voulez-vous un ascenseur ?

CUNÉGONDE, à part

Quel empire la jalousie a sur les hommes ! Je ne m'étais jamais doutée de ça, jadis. (Haut.) Croyez-vous que nous fassions du chantage ? C'est grave.

LE PROPRIÉTAIRE

Je ne dis pas cela.

GÉDÉON

Vous vous mettez, Monsieur, dans un bien mauvais cas, on ne fait pas de pareilles propositions à ceux qui peuvent rouler les hommes du gouvernement.

LE PROPRIÉTAIRE

Oh! mettez-vous à ma place.

GÉDÉON

Je n'y tiens pas du tout.

CUNÉGONDE, *à part*

Il en veut à mon honneur, je suis maintenant une maturité. (*Haut.*) Je suis intègre, Monsieur.

LE PROPRIÉTAIRE, *à Cunégonde*

Voyons, Madame, je vous en supplie, essayez de fléchir votre mari.

CUNÉGONDE, *sévèrement*

Quoi que fasse Gédéon, je le tiens pour bien fait.

LE PROPRIÉTAIRE, *furieux*

Puisque c'est ainsi, je cours chez le commissaire de police et je fais jeter vos meubles sur le carreau.

GÉDÉON, *riant*

Allez, je vous attends et dépêchez-vous, je veux aller à mes courses.

LE PROPRIÉTAIRE *a l'air de s'en aller, puis revient sur ses pas. — On frappe*

GÉDÉON

C'est peut-être le commissaire de police. Entrez.

SCÈNE IV

GÉDÉON, CUNÉGONDE, LE PROPRIÉTAIRE, L'AMANT.

L'AMANT

Oh! le mari.

GÉDÉON, *à Cunégonde*

L'amant, nous sommes sauvés!

LE PROPRIÉTAIRE, *troublé, prenant l'amant pour le commissaire de police et s'avançant vivement vers lui*

M. le commissaire, rendez-moi justice, je suis propriétaire. Ces gens-là ne veulent pas me payer leur loyer. Des agents pour jeter leurs meubles sur le carreau! Aujourd'hui, tout de suite.

L'AMANT

Monsieur, vous errez, je n'ai pas l'honneur d'être le commissaire de police (*vivement*). Je suis le représentant d'une grande maison qui fait l'exportation, l'importation, le gros, le demi-gros, le détail, la vente au comptant, la vente à crédit des produits pharmaceutiques, antiphylloxériques, pour vous servir.

LE PROPRIÉTAIRE

Merci, je n'en ai plus besoin, Monsieur, je vous demande pardon : je croyais que maintenant la police se transportait à domicile avant même qu'on l'ait requise.

L'AMANT, *au propriétaire*

Pas encore, mais ça viendra peut-être. Du reste, il n'y a pas d'offense, au contraire. (*A Gédéon.*) Je viens chercher le petit objet que ma femme a laissé dans votre voiture avant-hier soir quand nous sommes...

GÉDÉON, *cherchant*

Le petit objet.

CUNÉGONDE

Et oui, la jarretière.

GÉDÉON

C'est vrai ! la voici.

L'AMANT, *lui remettant un billet de 100 francs*

Pour votre peine. *(Il donne la jarretière à l'amant.)*

CUNÉGONDE, *à part, montrant le propriétaire et riant*

C'est l'amant de sa femme qui va le payer. Il y a donc un Dieu pour ceux qui ne peuvent pas payer leur loyer ?

LE PROPRIÉTAIRE *veut prendre la jarretière*

Mais, Monsieur, c'est la jarretière de ma femme.

L'AMANT, *le repoussant*

La jarretière de votre femme, vous plaisantez, Monsieur. Voulez-vous porter atteinte à ma charte conjugale.

LE PROPRIÉTAIRE

Mais elle fait partie de mon mobilier matrimonial.

L'AMANT

Non, vous dis-je, si vous avez des preuves, allez chercher le commissaire de police.

GÉDÉON

Puisque vous vouliez l'allez chercher pour nous, vous ferez d'une pierre deux coups.

CUNÉGONDE

Il se fait bien du bruit ici pour peu de chose, heureusement que le locataire du dessous est sourd.

LE PROPRIÉTAIRE

Pour peu de chose, pour peu de chose. Oh ! ne m'irritez pas davantage. (*Il met la main dans l'ouverture de son paletot.*)

L'AMANT *se précipite sur lui et lui saisit le bras*

Ne tirez pas ici, Monsieur, gardez ça pour la Chambre des députés, ça vous posera mieux que chez un cocher.

CUNÉGONDE

Oh ! il va nous tuer. (*Elle pousse un grand cri et tombe dans les bras de Gédéon.*)

GÉDÉON, *au propriétaire*

Voyez ce que vous faites, j'ai ma femme sur les bras.

L'AMANT

De l'eau des Carmes.

LE PROPRIÉTAIRE

Il faudrait lui donner de l'air, ouvrir les fenêtres, dégrafer son corset, lui faire prendre deux grammes de...

GÉDÉON, *frappant dans la main de Cunégonde*

Allez au diable avec vos formules. Oh ! reviens à toi, ma chérie ! C'est une fausse alerte.

CUNÉGONDE *ouvre les yeux*

Mon Dieu, je me trouve mieux.

GÉDÉON

Il n'a pas de revolver. Le monsieur n'est pas si méchant qu'il en a l'air.

CUNÉGONDE

Ah ! tant mieux. Quelle peur j'ai eue.

LE PROPRIÉTAIRE, *d'une voix douce*

Mais je n'ai pas de revolver, Madame, je ne suis pas un assassin ; je regrette bien vivement...

L'AMANT

C'est que vous avez fait ce mouvement *(Il refait le mouvement du propriétaire)* et, à notre époque, c'est inquiétant, et voyez toutes les conséquences de cette méprise qui aurait pu devenir fatale. Croyez-moi, vous n'avez pas une mauvaise tête d'homme, ne vous laissez pas égarer par une fausse ressemblance. Je vous affirme, et ces honnêtes gens sont là pour vous le dire, cette jarretière est bien à ma femme. Je comprends que... car, vous savez, je suis de la partie. Mais vous ne voudriez pas, j'en suis sûr, troubler mon ménage, absolument comme moi je serais désolé de troubler le vôtre. C'est que ma Rosine n'est pas toujours d'humeur facile, et si, dans une heure, je ne la lui ai pas rapportée... *(il fait le moulinet avec sa canne)*. Dame ! vous savez ?

LE PROPRIÉTAIRE

Je voulais seulement. Je n'insistais pas.

GÉDÉON ET CUNÉGONDE, *ensemble*

Si, si, vous insistiez, et c'est parce que nous ne voulions pas la lui remettre que monsieur notre propriétaire voulait nous jeter immédiatement dehors. Il ne nous croyait pas. *(Au propriétaire.)* Eh bien ! vous nous auriez fait faire une jolie boulette.

L'AMANT

Oh! c'était bien injuste, regardez, Monsieur, maintenant que vous avez repris votre sang-froid ; cette jarretière est-elle à vous ? Vous n'en trouveriez pas de semblable dans tout Paris ; elle est en satin, fermoir or, enrichi de solitaires pesant 12 carats ; elle a été transmise de femme en femme. Elle appartient à ma femme pour l'avoir recueillie dans la succession de feu ma belle-mère, qui la tenait elle-même de sa grand-mère, pour l'avoir reçue de Sa Majesté Britannique comme récompense de sa belle conduite, lors du choléra de 1700 et quelques.

CUNÉGONDE, *à part*

Peut-on lui en conter à celui-là.

LE PROPRIÉTAIRE, *se touchant*

Je suis tout à fait de sang-froid et je trouve toujours qu'elle ressemble un peu....... mes excuses *(A part.)* Ce n'est pas moi qui donnerais 100 fr. d'une jarretière même venant de Sa Majesté britannique.

L'AMANT *regarde sa montre*

Sapristi ! je n'ai plus que dix minutes. Sur ce, à tout le monde, je présente mes civilités. (*Il fait mine de sortir et revient près de Cunégonde.*)

GÉDÉON

Qu'est-ce que je vous disais ; aurez-vous confiance en moi une autre fois et me chercherez-vous sans motifs des aiguilles dans la tête.—Voici vos 125 fr. C'est payé recta.

LE PROPRIÉTAIRE

Et la consultation quand votre femme s'est trouvée mal ?

GÉDÉON

Elle est gratuite puisque vous n'avez pas fourni le remède.

LE PROPRIÉTAIRE

C'est vrai.

CUNÉGONDE

Il n'a pas oublié son ancien métier.

LE PROPRIÉTAIRE

Merci, mon brave Gédéon, j'ai eu tort *(à part.)* et j'ai aussi mon argent. Au revoir, madame. *(S'en allant.)*

Voilà ce que c'est : si j'avais été moins dur à leur égard, j'aurais peut-être appris bien des choses ; mais cela me servira de leçon. On a toujours besoin d'un plus petit que soi. *(Réfléchissant.)* C'est drôle tout de même, elle ressemblait bien cependant à celle de ma femme. Oui, je suis victime d'un tour de gobelet.

CUNÉGONDE

Dame, vous savez, il y a plus d'un âne à la foire qui s'appelle Martin.

GÉDÉON, *d'un ton gouailleur*

Oh! ce n'est pas moi que l'on tromperait ainsi.

CUNÉGONDE

Oh? non, et pour cause.

Rideau

PARIS — IMPRIMERIE MAYER ET Ce, 18, RUE RICHER

www.ingramcontent.com/pod-product-compliance
Lightning Source LLC
Chambersburg PA
CBHW060744180626
46819CB00001B/95